안녕하세요
내 이름은
인절미예요

절미언니 지음

안녕하세요
내 이름은
인절미예요

위즈덤하우스

"저에게도 가족이 생기는 걸까요?"

1

우리가 처음 만난 날

차가운
봇도랑

어릴 때부터 동물을 키우고 싶었다.
집에 혼자 있는 시간이 많아 외로웠고
부모님께서는 동물 키울 시간이 없다고 반대하셔서
대신 동물 인형을 많이 사모았다.

그러던 중에 절미가 선물처럼 왔다.

첫 목욕

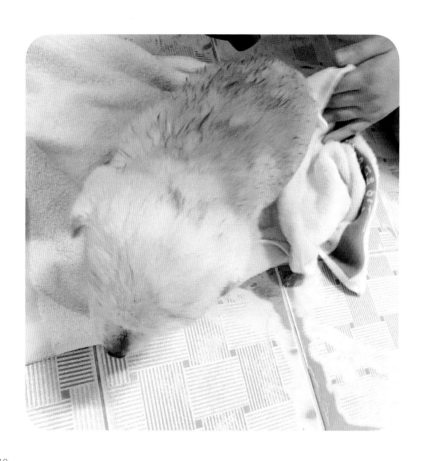

아빠가 절미를 구조했는데
강아지를 키워본 적이 없어서 어떻게 해야 할지 몰랐다.

처음 봤을 때 절미는 완전히 위축돼 있었다.
몸이 흙탕물에 젖어서 벌벌 떨고 있었다. 가여웠다.

원래 활동하던 온라인 커뮤니티가 있었는데
딱히 물어볼 곳도 없어서
그곳에 강아지에 대한 질문을 올리게 됐다.

배가
볼록

절미네 형제들은 같은 배에서 태어나 그런지
절미와 정말 많이 닮았다.
겨울이 되면 많이 한가해지는데
시간이 될 때마다 만나러 갈 생각이다.

꿈나라
여행

절미는 아기라 그런지 맨날 잤다.
자고 노는 게 하루의 전부다.

왜 계속 졸리지···.

물고 빨고 핥고

노는 게
제일 좋아

과수원집
막내딸

가끔은
시무룩

기분이 좋아

어느
여름날

잔디밭에 떨어진
콩고물

딩굴딩굴

애이미

모두
반가워

사과
장난감

나무 그늘에서

고양이를
만나다

절미의하루일과
자고먹고달리고
비슷한하루하루
그래도항상신나

8:00 배웅
아직 잠이 덜 깼지만
학교 가는 언니를
배웅한다.

7:00 기상
학교 갈 준비하는
언니의 기척에
잠에서 깬다.

하~~~아.

언니,
빨리 갔다 와서
놀자.

11:00 수련
짱이 되기 위해
밤낮으로 열심히 수련한다.

할할할.

9:00 아침밥
밤새 배고팠기 때문에
일단 밥을 먹는다.
밥은 하루에 세 번 정도.

이야아아야압!

15:00 산책
엄마 아빠의 바쁜 일정이 끝나면
함께 산책한다. 하루 중
가장 좋아하는 시간!

13:00 낮잠
격한 수련 후에 에너지를
보충하기 위해 한숨 잔다.
사실 여러 번 잔다….

바람이
좋구만~.

시시때때로 화장실
어렸을 때는 집 안에서
자꾸 실수를 해 혼났지만
이젠 실수하지 않아!

17:00 저녁밥
한창 크는 나이!
자주자주 먹는다. 냠냠~

앙! 앙! 앙!

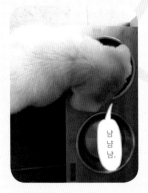
냠
냠
냠.

19:00 가족들과 함께
가족들이 모두 모여
나랑 놀아주는 시간이 제일 행복해~.

인절미의 하루

비 오는 날

이젠 물이
무섭지 않아

마당
구경

엄마와
함께

절미가 가장 좋아하는 사람은

아마도 엄마가 아닐까.

엄마가 오면 안 먹던 밥도 잘 먹고

"절미야" 하고 부르면

자기 부르는 줄 알고 잘 온다.

사과밭
놀이터

아빠의
등

동물은 밖에서 길러야 된다고 화내던 아빠가
이젠 절미를 자기 잠자리에다 재운다.

그래도 서열은 아빠가 제일 낮다.
절미는 아빠를 막 밟고 지나간다.

한복을
입고

숨은
절미 찾기
1

흙 놀이

파바박

뭉뭉

무엇이든
냠냠

꽃향기

당근 먹고
맘맘

심심해

절미는 아직 4개월 된 아기라 그런지
하루 종일 먹고 자고 노는 것밖에는 없다.
장난감을 던져주면 신나서 가져오는데
그것도 자기 마음대로다.
안 가져오고 싶음 안 가져온다.
참 나….

두 발로
우뚝

뛰뛰
빵빵

자꾸
하품이 나와

사과 냠냠

아산하상

＃댕댕이화보집
＃개셔니스타
＃패피
＃개타고니아
＃사과밭힙스터

STYLE
2
홈웨어도 패션이라구.

STYLE
1

개늠름

STYLE
3
쉴 땐 내복이 최고.

한복도
잘 어울리죠?

STYLE
4

3

반짝이는 너의 모든 순간

서울
여행

절미의 첫 서울 여행.

난 산에만 있다가 도시 구경해서 좋았는데

절미는 어땠는지 모르겠다.

이동할 때 차를 불편해하긴 했다.

절미는 여전히 하루 종일 놀고먹었다.

헤헤헤

데구
르르

아기
친구들

폴짝폴짝

언니의
무릎

절미가 내 말을 제일 안 듣는 것 같은데

들을 땐 또 듣기도 하고…

아무튼 자기 마음대로다.

따뜻해

절미는 혼날 때 말없이 사람을 노려보는데
그때마다 한 대 쥐어박고 싶다.
진짜 얄미움.
그러다가도 친해지고 싶을 때는
자기 몸을 막 들이댄다.

숨은
절미 찾기
2

폭신폭신
잔디밭

제일 좋은
산책

절미는 기분이 좋을 때 엉덩이를 씰룩거리는데
이게 꼬리를 흔드는 건지 엉덩이를 흔드는 건지
구분이 잘 안 간다.

냄새
맡기

귀가
펄럭펄럭

따뜻한
아침 햇살

빨간색이
잘 어울려

노란색도
잘 어울려

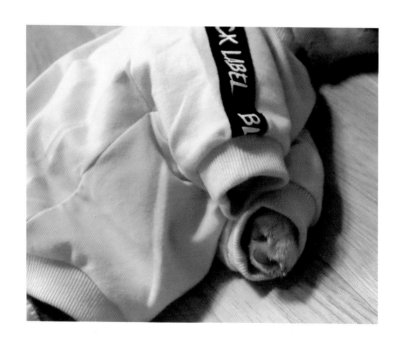

장난감
부자1

절미가 좋아하는 인형 순위는 따로 없고
자기 입에 잡히면 무엇이든 잘 갖고 논다.

어디서나
잘 자요

절미는 바닥, 쿠션 상관없이
따뜻한 곳이면 누워서 잘 잔다.

ZZZ

나는
사막여우입니다

간식 주세요

세상 평온

졸려

아이 좋아

귀업지

뭘 봐

부끄러워

잘못해쪄요

분노

시무룩

아련

세상 늠름

신남

심한 욕

짱 되고 싶음

장난감 던져주세요

자다 깸

텅 빈 웃음

하찮음

마냥 행복

희번덕

4

날아라, 인절미

물끄러미

강아지풀

모든 게
궁금해

한 걸음
한 걸음

날아라,
절미

나른한
오후

나는
맹수입니다

증명사진

처음에는 애가 짖지도 않고 얌전하더니

이젠 장군 다 됐다.

작은
인절미

／ 보송보송 ＼

강아지
친구들

최근에 한 집이 이사를 왔다.

거기서 기르는 강아지와 놀게 놔뒀더니

절미가 난리를 쳤다.

상대편 강아지는 관심도 없는데 자기 혼자….

가만히
쉬어요

찡긋

절미가 가족이 되면서

내 밥도 잘 안 챙겨 먹는데

절미 밥은 꼬박꼬박 먼저 챙겨준다.

바닥에 있는 건 전부 올려놓게 되고.

왠지 모르게 성실해진 느낌.

숨은
절미 찾기
3

마약쿠션의
늪

간절히
먹고 싶다

절미는 풀도 뜯어먹는데

음식은 딱히 안 가리는 것 같다.

입에 넣어보고 내키면 먹고, 별로면 안 먹는다.

훈련은
재밌어

이제 절미를 부르면 잘 온다.

이때 받았던 훈련의 성과가 눈에 띄게 나타났다!

"앉아" 말고도 "터치"라는 말의 뜻을 알았는지

"터치" 하면 코로 손을 톡 건드린다.

자기 이름도 알아듣는 것 같은데

기분 좋을 땐 오고 별로면 안 온다.

장난감
부자 2

부끄러워

축 처진
수제비

가방
탈출

빼꼼

아직은
양말이 어색해

절미야
유치원 가자

너
이제 혼났다

#절미의
장난감

#절미는
장난감부자

#귀염뽀짝

#선물해주신
분들

#모두
감사합니다

5

사랑해,
무엇을 하든 어떤 모습이든

바람
기억

가을
냄새

점프

파란 하늘
하얀 절미

친해지길
바라

절미는 안마기 같은 기계를 싫어한다.
자기가 처음 보는 물건은 적대시하는데,
친해질 때도 있고
못 친해져서 볼 때마다 짖을 때도 있다.

꽃게
절미

가을
산책

새 방석이
필요해

구석구석
예쁘다

분홍 코

절미는 이제 대소변을 잘 가리는데

문제는 패드에 발만 닿으면 다라고 생각한다.

그래서 패드에 발만 얹어놓고 밖에다가 볼일을 본다.

이거 진짜 문젠데… 해결 방법 아시는 분 DM 주세요.

단풍잎
왕관

감기 걸리면
안 돼

첫눈이
내린 날

 편집자(성공한 덕후) 꺄아!!! 안녕하세요, 절미 언니.

정말 정말 반갑습니다!! 절미의 책을 만들 수 있게 돼서

정말 행복했어요 ㅠㅠ(오열 및 주접).

열심히 준비한 책이 이제 곧 나오는데, 책을 내기로 결심하신

이유가 따로 있나요?

 절미 언니 원래 책에 관심이 많아서 언젠가 직접

책을 한번 써보고 싶었어요. 그리고 절미와의 추억을 정리하고

간직하면 좋을 것 같았는데 막상 책이 나온다고 하니

되게 얼떨떨해요 >.<.

편집자(성공한 덕후) 앞으로의 활동 계획도 간단히 말씀해주세요.

 절미 언니 요즘 계속 바쁘고 학교에 다니느라 정신이 없었는데…
하고 싶은 게 생길 때마다 하나씩 할 생각이에요.
아직 정해진 건 없고 즉흥적으로 그때그때 생각해보려고요.
지금은 유튜브를 준비하고 있어요.

 편집자(성공한 덕후) 와! 유튜브 채널을 기다리는 분들이
정말 많았는데 본격적으로 준비하고 계신가요?

 절미 언니 학기 중에는 따로 시간을 내기 어려웠는데
겨울방학 때부터 조금씩 올리려고요. 주말이나 방학 때
열심히 편집해서 올려볼 생각입니다.

 편집자(성공한 덕후) 마지막으로 절미를 사랑해주시는 분들께
하고 싶은 말이 있다면 해주세요.

 절미 언니 절미를 만났던 순간부터 좋아해주셔서 감사하고,
부족하더라도 앞으로 많이 사랑해주셨으면 좋겠습니다.
좀 더 노력하는 절미와 절미 언니가 되겠습니다!

"앞으로의 봄 여름 가을 겨울도 함께해요!"

국립중앙도서관 출판예정도서목록(CIP)

안녕하세요 내 이름은 인절미예요 / 지은이: 절미 언니. --
고양 : 위즈덤하우스 미디어그룹, 2019

ISBN 979-11-89709-09-9 03810 : ₩15000

수기(글)[手記]

818-KDC6
895.785-DDC23   CIP2018039270

안녕하세요 내 이름은 인절미예요

초판 1쇄 발행 2019년 1월 14일   **초판 2쇄 발행** 2019년 1월 23일

지은이 절미 언니
펴낸이 연준혁

출판 2본부 이사 이진영
출판 6분사 분사장 정낙정
책임편집 이경희
디자인 · 일러스트 urbook

펴낸곳 (주)위즈덤하우스 미디어그룹 **출판등록** 2000년 5월 23일 제 13-1071호
주소 (410-380) 경기도 고양시 일산동구 정발산로 43-20 센트럴프라자 6층
전화 (031)936-4000 **팩스** (031)903-3893 **홈페이지** www.wisdomhouse.co.kr

값 15,000원
ISBN 979-11-89709-09-9 03810